Perla y la Princesa Imperial

WENDY HARMER

Ilustrado por Gypsy Taylor

Para mi padre, Graham Frederick Brown,
que inspiró mi amor por la lectura

Título original: *Pearlie and the Imperial Princess*
Primera edición: junio de 2016
Primera reimpresión: marzo de 2018

© 2015, Out of Harms Way Pty Ltd.
Publicado por primera vez por Random House Australia, 2015
© 2016, para la lengua española:
Penguin Random House Grupo Editorial, S. A. U.
Travessera de Gràcia, 47-49. 08021 Barcelona
© 2016, Mariola Cortés Cros, por la traducción

ISBN: 978-84-488-4581-0
Depósito legal: B-7.271-2016

Impreso por Impuls 45
Granollers (Barcelona)

BE 4 5 8 1 0

Penguin
Random House
Grupo Editorial

Era una fría y gélida mañana de invierno cuando
Perla voló sobre la ciudad vieja de Pekín.

Había sido invitada al Jardín Imperial de la
Ciudad Prohibida para celebrar el Año Nuevo
chino con una princesa hada. Todo sonaba
grandioso.

Subida en la mariquita mágica
de la reina Esmeralda,
Perla podía ver el impresionante
palacio a sus pies.

—¡Recórcholis! ¡Es
maravilloso! —resopló.

Perla guio a la mariquita para que volara a través de la gigantesca Puerta de la Suprema Armonía.

La mariquita posó a Perla en el suelo y se fue volando.

Justo entonces, alguien dijo:

—*Zongsuan!* ¡Por fin has llegado!

Perla miró hacia arriba y vio una cara preciosa y diminuta.

Subió aleteando los escalones con su maleta y esperó pacientemente a que se abrieran las hermosas y enormes puertas rojas y doradas.

—¡Oh! —se dijo a sí misma Perla—. Nunca había asistido a una fiesta de Año Nuevo en un lugar tan magnífico como este.

Las puertas se abrieron y allí la esperaba un hada vestida con ropa muy elegante.

—Soy la princesa Li Mei, que significa hermosa flor del ciruelo —dijo.

—Oh, qué nombre más bonito —respondió Perla—. Y yo soy...

La princesa chasqueó los dedos.

—*Gankuai!* ¡Date prisa! Va a empezar a nevar.

Y sin más, la princesa Li Mei se giró y desapareció dentro.

Todo lo que Perla pudo hacer fue correr, arrastrando su maleta tras ella.

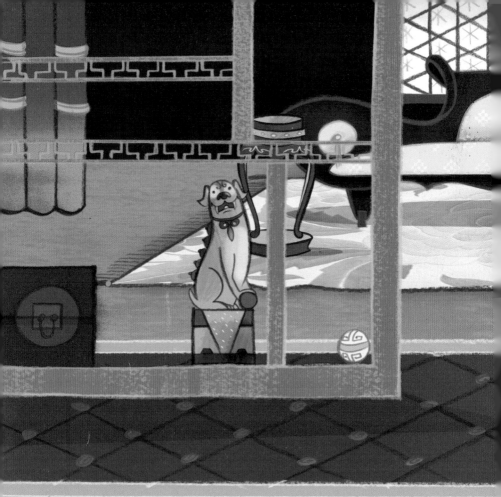

Al otro lado de la pared estaba el pabellón privado de Li Mei. ¡Parecía un joyero! El techo estaba adornado con figuritas de leones, pájaros y dragones.

Perla no podía creer lo que veían sus ojos, según iba pasando de habitación en habitación. Dentro del pabellón, también había un palacio.

Los faroles, las sillas y los divanes estaban
bordados en seda de color ámbar.

Perla pensó en su pequeño caparazón en lo
alto de una vieja fuente de piedra del Parque
de la Alegría y en su única y muy desordenada
habitación. Se preguntaba qué diría la princesa
Li Mei si la viese.

Pero la princesa había desaparecido. Podría al menos haberle ofrecido a Perla un té bien calentito después de su larguísimo viaje.

Perla vislumbró una mesa larga cubierta de montones de bonitos platos llenos de tartas y dulces. ¡Todo parecía delicioso!

Ya se había preparado un plato atiborrado de sabrosos bocaditos cuando la princesa Li Mei regresó.

—*Heng!* ¡Esto no es para ti! —la regañó—. Mi cocinero lo ha preparado para la fiesta de esta noche.

—Uy, perdón —dijo Perla. Y se puso colorada como un tomate.

La princesa le dio a Perla una escoba, un plumero y trapos abrillantadores.

—Mi pabellón tiene que estar limpio como la patena de arriba abajo. No puede hacerse el día de Año Nuevo o todas mis riquezas se desvanecerán.

—Pero... pero —dijo Perla—. No se me dan muy bien las tareas domésticas.

—Pues eso es estupendo, porque yo solo tengo 20 habitaciones. Hay 9.000 en la Ciudad Prohibida —dijo la princesa antes de desaparecer una vez más.

—¡Raíces y brotes! —dijo Perla—. Esa princesa es el hada más grosera y mandona que he conocido jamás.

Sin embargo, la invitación que había recibido Perla prometía una gran fiesta, una Danza del León, ópera china y, después, fuegos artificiales. Así que, aunque estaba agotada, estaba feliz de poder ayudar con los preparativos.

Perla dejó escapar un pequeño suspiro y se puso a barrer el enorme salón de banquetes.

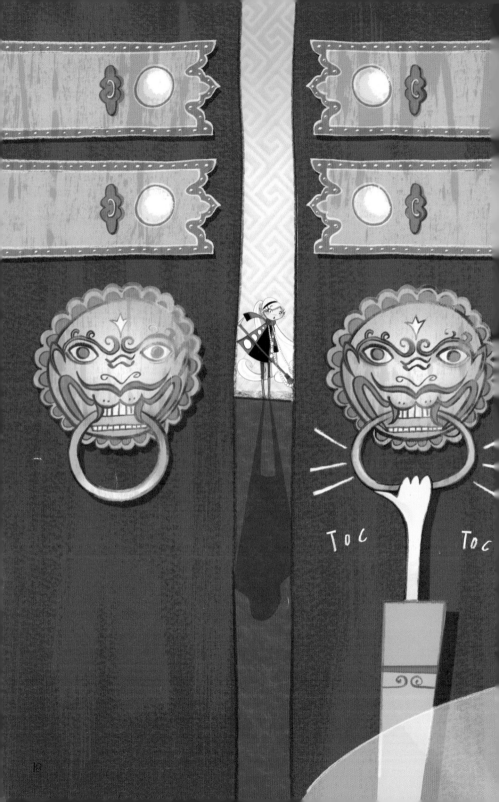

TOC   TOC

Avanzada la tarde, se oyó un golpe en la puerta principal del pabellón.

La princesa Li Mei se deslizó dentro del salón con un reluciente vestido rojo. Su largo pelo negro estaba engalanado con un tocado real lleno de joyas.

—Debe ser mi primer invitado. Demasiado pronto —dijo enfadada la princesa—. Y bien, ¡abre la puerta! —ordenó.

Pero en vez de un invitado con ropa de fiesta, allí estaba un hada joven que hizo una reverencia y dijo:

—*Duibuqi*. Lo siento mucho, princesa. Soy la doncella. Me fui al lugar equivocado.

La princesa Li Mei se giró hacia Perla y le gritó:

—Entonces, si no eres mi doncella, ¿quién eres tú?

—Yo soy un hada del parque también —explicó Perla.

Li Mei frunció el ceño.

—*Wan'an*. Buenas noches. Mis honorables invitados pronto estarán aquí.

—¡Pero tú me mandaste una invitación! —gritó Perla.

—Tú también te has equivocado. ¡Muéstramela! —le pidió Li Mei.

La cara de la princesa enrojeció rápidamente.

—Es mi malcriada hermana gemela Li Wei la que te ha invitado. No yo.

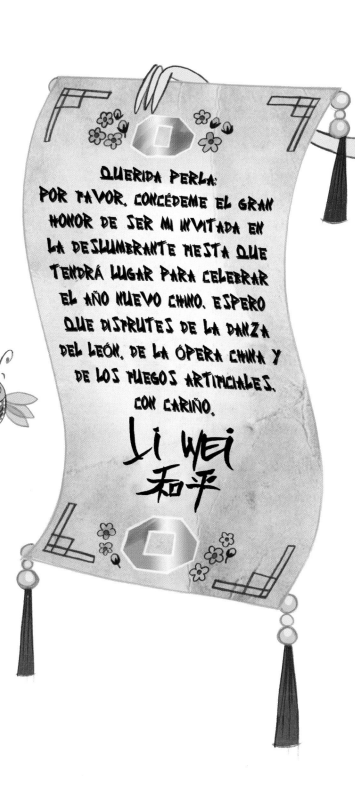

QUERIDA PERLA:
POR FAVOR, CONCÉDEME EL GRAN
HONOR DE SER MI INVITADA EN
LA DESLUMBRANTE FIESTA QUE
TENDRÁ LUGAR PARA CELEBRAR
EL AÑO NUEVO CHINO. ESPERO
QUE DISFRUTES DE LA DANZA
DEL LEÓN, DE LA ÓPERA CHINA Y
DE LOS FUEGOS ARTIFICIALES.
CON CARIÑO,

LI WEI
和平

Perla le echó otro vistazo a la invitación. ¡Oh, no! De hecho ponía «princesa Li Wei».

—¿Hay otra fiesta de Año Nuevo en la Ciudad Prohibida esta noche? —preguntó Perla.

—¡Sí! Y la mía será la mejor —contestó la princesa Li Mei.

Después empujó bruscamente a Perla al otro lado de la puerta y cerró de un portazo.

Perla sacó su mapa y vio que había dos pabellones en el Jardín Imperial.

Perla estaba en la parte occidental, en el Pabellón de los Diez Mil Otoños.

¡Y debería estar en la parte oriental, en el Pabellón de las Diez Mil Primaveras!

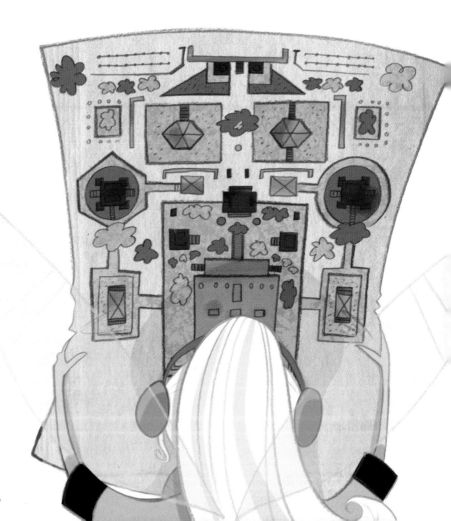

—Debo de haber mirado el mapa al
revés —sollozó—. ¡Recórcholis! Me tengo que ir.

—¡Y dile a mi hermana que no la perdono! —gritó
a través de la puerta la princesa Li Mei.

¡Caramba! Las dos princesas tenían una pelea
horrible.

Perla se preguntó de qué podría tratarse.

Estaba nevando en la Ciudad Prohibida y la luna
estaba casi en fase nueva. Era solo un trocito
plateado creciente en el cielo.

—¡Estrellas y rayos de luna! Qué bonito
es —suspiró Perla. Revoloteaba por aquí y
por allá, disfrutando de la vista.

Cuando sobrevolaba el gran tejado del Salón de
la Paz Imperial, algo brillante entre los copos
de nieve captó la atención de Perla.

¿Qué era eso?

Se acercó para observarlo mejor y encontró un delicado collar de rubí enganchado alrededor del cuello de un animalito esculpido. Debía de haberse extraviado.

Perla se lo puso alrededor de su cuello para custodiarlo. Intentaría encontrar a su dueño en cuanto tuviese ocasión.

Descendió volando y, tal y como decía su mapa, había otro pabellón rojo y amarillo.

—Es exactamente igual que el otro —dijo Perla con asombro.

Perla llamó a la puerta y abrió un hada que era la viva imagen de la princesa Li Mei.

—*Huanying!* ¡Bienvenida! —rio el hada.

—*Gongxi facai!* —dijo Perla alegremente.

Había estado practicando cómo decir «Feliz Año Nuevo» en chino desde que había dejado el Parque de la Alegría.

—Soy la princesa Li Wei, que significa hermosa rosa. Y tú debes ser Perla. *Ai ya!* ¿Dónde has estado?

—Siento llegar tan tarde. Me perdí —se disculpó Perla.

—Entra y protégete del frío. Debes estar hambrienta y cansada —dijo amablemente la princesa Li Wei.

Dentro, la fiesta de Año Nuevo estaba en su máximo apogeo. Todos los invitados vestían maravillosos atuendos y se estaban dando un banquete de empanadillas chinas y bollos.

—¡Brotes y flores! ¡Qué divertido! —dijo Perla.

Llevaron a Perla a una habitación para que se pudiese arreglar para la fiesta. Era una habitación encantadora. La manta de seda de la cama parecía un jardín en primavera.

La princesa Li Wei suspiró:

—Ojalá estuviese aquí mi hermana para celebrarlo con nosotras. Antes solíamos cantar juntas para nuestros invitados.

—¿Puedo ayudar en algo? —preguntó Perla.

—No creo. —La princesa negó tristemente con la cabeza.

Entonces Li Wei se dio cuenta de algo.

—¿Qué es lo que llevas alrededor de tu cuello, Perla? —preguntó la princesa.

—Lo encontré en el tejado del Salón de la Paz Imperial —respondió Perla—. ¿Sabes quién lo ha perdido?

—*Wa! Jo!* Fui yo —dijo con voz entrecortada la princesa—. ¡Es el collar de rubí de nuestra madre! ¡La Joya de la Armonía! Se me cayó y nunca fui capaz de encontrarlo. Mi hermana dice que lo robé. Pero no lo hice.

—Entonces debemos irnos y enseñárselo inmediatamente —dijo Perla—. Estoy segura de que te perdonará.

Las dos hadas salieron volando rápidamente.

El Pabellón de los Diez Mil Otoños estaba oscuro y en silencio cuando llegaron las hadas. No había ninguna fiesta dentro.

La princesa Li Wei golpeó la puerta y llamó:

—¡Hermana! ¡Soy yo!

La princesa Li Mei llegó hasta la puerta. Llevaba su bata, preparada para irse a dormir.

—Zoukai! ¡Vete! —dijo airadamente la princesa Li Mei—. Aquí no hay ninguna fiesta. ¡Me has robado mis invitados y el collar de nuestra madre!

La princesa Li Wei sacó la Joya de la Armonía.

—La ha encontrado nuestra nueva amiga Perla. La perdí, tal y como te conté —dijo Li Wei.

—¡Yi! —exclamó Li Mei—. Perdóname, querida hermana mía.

Las dos princesas hadas se abrazaron con gran alegría.

—Lo siento tanto —sollozaba la princesa Li Mei.

—Te he echado de menos —la princesa Li Wei también lloraba.

Perla estaba muy feliz de ver a las dos hermanas abrazándose.

—Qué buena suerte —Perla se enjugó las lágrimas—. Ahora deberíamos irnos a la fiesta. ¡Qué sorpresa se van a llevar vuestros invitados cuanto os vean a las dos juntas!

Todo el mundo se sorprendió cuando aparecieron las dos princesas gemelas en la fiesta, con vestimentas de la ópera china, y empezaron a cantar un dueto glorioso.

Aplaudían y gritaban:

—*Tai shénqile!* ¡Increíble! ¡Brillante!
¡Maravilloso!

A Perla le encantó la famosa Danza del León. Sonreía al ver a todas las pequeñas criaturas mágicas felices con sus sobres rojos de la suerte llenos de dinero.

Cuando todos se reunieron en la terraza para ver los fuegos artificiales de medianoche, Perla dio a los invitados otra sorpresa.

Voló hacia el cielo y usó su varita mágica para hacer ¡fuegos artificiales florales! Hubo explosiones de acacias, telopeas y anigozanthos, sus flores favoritas del Parque de la Alegría.

Nadie nunca en la Ciudad Prohibida había visto algo parecido.

¡Fue la mejor fiesta de la historia!

Las dos hermanas abrazaron a Perla y le dieron dos besos en las mejillas. Una en cada lado.

—*Xiexie*. Gracias, Perla —cantaron al unísono las princesas en paz y armonía.

—*Gongxi facai!* ¡Y un feliz Año Nuevo para todos y cada uno! —rio Perla.